ÉTRENNES

PATRIOTIQUES.

PAR

Duval-Daubermeny.

Cantilenis sua infortunia solantur.
SALVIANUS.

PRIX : — 75 c.

ÉTRENNES
PATRIOTIQUES.

Y.

Imprimerie de MIGNERET, rue du Cherche-midi
Par la presse mécanique de Lacroix.

ÉTRENNES

PATRIOTIQUES;

PAR

Duval-Daubermény.

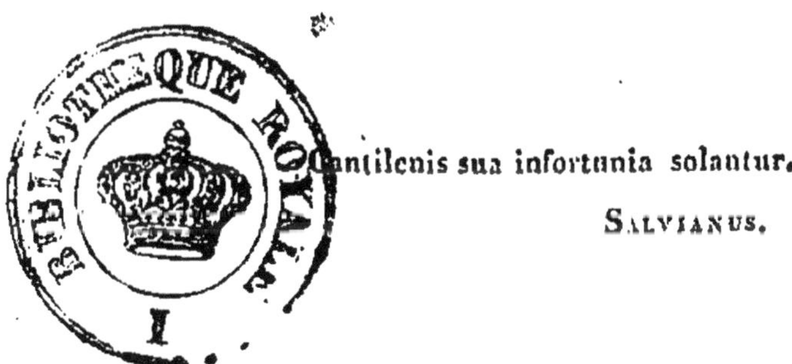

Cantilenis sua infortunia solantur.

SALVIANUS.

1837.

PRÉFACE.

Autrefois la chanson égrillarde des rues,
Allait se démenant une marotte en main,
Mais Béranger quitta les routes parcourues
Pour ouvrir devant elle un plus large chemin.

Il chanta nos combats, nos gloires, nos désastres,
Et le peuple partout répéta ses accens ;
L'Aigle, abaissant son vol de la hauteur des astres,
Oublia sa défaite et des malheurs récens.

Oh ! c'est que sa colère était noble et puissante,
C'est qu'il aimait la France, et détestait les rois,
Aussi sa muse acerbe, énergique, incessante,
Tint, sans désemparer, le pouvoir aux abois...

Debraux, de traits hardis, sema sa gaudriole,
Il réfléta souvent son maître, et le grognard
Des vers du chansonnier en son cœur affriole :
Debraux défraie encore l'orgue du montagnard.

Certes je ne vaux pas ces élus de la lyre,
A peine ai-je le ton d'un joyeux boute-en-train ;
Et j'avoue, à celui qui s'apprête à me lire,
Que je tourne parfois assez mal un refrain ;

Mais du reste je suis un loyal patriote,
Comme mes devanciers j'aime la liberté ;
Je n'ai point, croyez-m'en, un front d'Iscariote,
Et j'ai pris pour devise, avant tout, — vérité !

Donc, citoyen lecteur, je m'inscris un des vôtres,
Et si mince qu'il soit, j'apporte mon tribut :
N'exigeons pas toujours de la part des apôtres
De sublimes talents, mais un sublime but.

ÉTRENNES

PATRIOTIQUES.

PRÈLUDE.

Air : Si j'avais mille écus de rento.

Les rois ont dit, dans leur âme insensée,
« Que veut le barde, amoureux des concerts ?
« A ses accens la terre s'est levée,
« A moi, soldats, — le barde dans les fers... »

N'écoutez pas un aveugle délire,
Du chansonnier respectez les autels ;
Ah ! respectez ses lauriers immortels,
Courbez vos fronts devant sa lyre !

Au nom si doux de la sainte patrie,
Ne touchez pas à ses sacrés vengeurs,
Prêtez l'oreille au barde qui vous crie : —
La main, soldats, et guerre aux oppresseurs.

N'écoutez pas un aveugle délire,
Du chansonnier respectez les autels ;
Ah ! respectez ses lauriers immortels,
Courbez vos fronts devant sa lyre.

N'êtes-vous pas les enfants de la France....
Sur nos drapeaux, amour, fraternité !
Marchons, amis, dans la même espérance,
Point de repos avant la liberté....

N'écoutez pas un aveugle délire,
Du chansonnier respectez les autels ;
Ah ! respectez ses lauriers immortels,
  Courbez vos fronts devant sa lyre.

Qu'attendons-nous ? Le peuple nous regarde....
Honte ! à celui qui trahit son espoir !
L'Europe a dit : Français, à l'avant-garde,
L'heure des rois gronde dans un ciel noir !

N'écoutez pas un aveugle délire,
Du chansonnier respectez les autels,
Ah ! respectez ses lauriers immortels,
Courbez vos fronts devant sa lyre.

Et les soldats répondront au poëte :
« Va, ne crains rien pour ton noble repos....
» Si la puissance a menacé ta tête,
» Viens te cacher aux plis de nos drapeaux.

» Loin de nos cœurs un aveugle délire !
» Du chansonnier nous gardons les autels ;
» Nous respectons ses lauriers immortels,
» Et les prodiges de sa lyre ! »

LE PROLÉTAIRE.

Air : Oui, je suis grisetto.

Je suis prolétaire,
L'on voit ici bas
Plus d'un dignitaire
Qni ne me vaut pas.

On m'appelle en France
Un mince sujét!
Pourtant ma souffrance
Grossit le budget.

Je suis, etc.

Bien que je moissonne
Les riches épis,
Le maître me donne
Un pain dur et bis.

Je suis, etc.

Quand tout l'or circule
Au sein des palais,
Dans la canicule
J'ai le ciel pour dais

Je suis, etc.

Petit, je travaille,
Et devenu grand,
Aux jours de bataille
Je verse mon sang.

Je suis, etc.

L'orgueil me repousse
Avec des mépris;
Un fat m'éclabousse
Et je le nourris.

Je suis, etc.

Je deviens pour telle
Un objet d'affront,
Et n'ai point comme elle,
D'infamie au front.

Je

L'impôt m'accapare,
Il faut, sans débat,
Solder la simarre
Comme le rabat,

Je suis, etc.

Puis, que je prétende
Que je suis floué,
Arrive la bande,
Me voilà cloué!.....

Je suis prolétaire,
L'on voit, ici-bas,
plus d'un dignitaire
Qui ne me vaut pas.

PROGRÈS, AMOUR, ÉGALITÉ.

Air : Vieux soldats de plomb que nous sommes.

J'ai vu l'Europe, aux despotes vendue,
De l'égoïsme encenser les autels ;
J'ai vu ramper, loin de sa tâche ardue,
L'homme oublieux des destins éternels.....
Mais, le cœur plein de l'avenir du monde,
J'osais encor croire à l'humanité ;
car une voix, troublant la foule immonde,
Criait : — Progrès, amour, égalité.

Comme une harpe, aux saintes mélodies,
Verse dans l'air de suaves accords,
Accomplissant la loi des sympathies
Les êtres sont des instruments concords ;
Riches de grâce, ou puissants d'énergie,
Ils marchent tous vers un but arrêté.
Sous l'œil de Dieu se déroule la vie,
Avec progrès, amour, égalité.

Des temps meilleurs sont promis à la terre,
Aux droits vieillis adressons nos adieux,
Entendez-vous ces éclats de tonnerre !
L'heure a sonné de détrôner nos dieux.....
Tombés du faîte, abattus, sans puissance,
Eux qui régnaient dans leur impunité,
Verront briller l'ère de renaissance,
Par le progrès, l'amour, l'égalité.

Et toi, soleil, dans ta vaste carrière,
N'éclaire plus des intérêts rivaux ;
La main du peuple a brisé la barrière
Qui s'opposait à ses besoins nouveaux ;
Enfant déchu d'un commun héritage,
Il en appelle à la Fraternité.....
L'écho répond : — Prends ta place au part
Dans le progrès, l'amour l'égalité.

Les Boulettes.

Air : J'ai vu la meunière.

L'autre soir en m'en revenant
    Seul de la Villette,
Je rencontrai, chemin faisant,
    Gentille fillette ;
Après plus d'un propos charmant,
Je m'offris d'être son amant.....
    Encore une boulette,
    Comme on en fait tant.

Un conscrit disait en partant
    A sa bachelette :
Tu me reverras, t'apportant
    La croix, l'épaulette !...
Je t'en fais ici le serment,
Il me faut un commandement.....

Encore une boulette
Comme on en fait tant.

Certain *badinier* furetant,
  Comme une belette,
Pour surprendre un délit constant,
  Sous une couchette,
Mit la main dans un... instrument,
Qui n'a pas de nom, proprement...
  Encore une boulette.
  Comme on en fait tant.

D'un manuscrit bien redondant
  Un sot fit l'emplette ;
Il pavanait en attendant
  Et gloire et recette ;
L'œuvre parut,... mais vainemen
Il attendit son *boniment*.....
  Encore une boulette
  Comme on en fait tant

Un juge, d'un ton arrogant,
  Tirait la sonnette,

Pour condamner l'auteur patent
  D'une chansonnette ;
Plus d'un malin, au jugement,
Murmurait incivilement : —
  Encore une boulette
  Comme on en fait tant.

L'Écumeur.

Air.....

De la philosophie
Je connais peu les lois,
Et pourtant je défie
Les sages d'autrefois.
Le vin, le jeu, les belles,
Réclament quelques jours ;
Mais si les vents rebelles
Veulent durer toujours ;
De la vague qui roule
Je brave la rumeur,
En dépit de la houle
A ton poste, Écumeur !...

Que la mer fasse rage,
Ou caresse mon bord,
Je chante dans l'orage
Comme je chante au port !

Viens, toi qui te dis libre,
Viens effacer les rangs,
j'ai trouvé l'équilibre
Abhorré des tyrans ;
Qu'un riche m'abandonne
Le quart de son trésor,
Aux malheureux je donne
Des habits et de l'or.....
Moi je tiens à pas une
Des choses d'ici-bas,
A quoi bon la fortune
Quand on descend là-bas?

Que la mer fasse rage,
Ou caresse mon bord,
Je chante dans l'orage
Comme je chante au port!

Si la brume me voile
L'approche du danger,
Je me tiens sous ma voile
Prêt à la protéger ;
Mais qu'un jour la bataille
Trahisse mes efforts,

Et que sous la mitraille
Tombent mes hommes forts ;
La gaîté l'espérance
Consoléraient mon cœur,
Et dans mon assurance
Je dirais au vainqueur : —

Que la mer fasse rage,
Ou caresse mon bord,
Je chante dans l'orage,
Comme je chante au port !

L'avenir.

Air : Honneur, honneur aux enfants de la France.

Assez le coursier des combats
A prêté l'oreille aux fanfares,
Déposons nos glaives barbares,
Trève enfin à de longs débats ;
Aux rayons d'un soleil plus beau
Recueillons des moissons plus belles,
Abaissons un large niveau
Sur les priviléges rebelles..... *bis.*
Abjurons de vieilles querelles,
Et fondons un monde nouveau.

Arrière, courtisans railleurs,
Trop légers dans nôtre balance ;
Et vous, chevaliers, bas la lance,
C'est le règne des travailleurs ;
Nous estimons un écheveau
Plus que l'écusson des tourelles,
Plus que le marbre du tombeau
Où l'orgueil dort dans les chapelles !

Abjurons de vieilles querelles,
Et fondons un monde nouveau.

Un conquérant, dans son orgueil
Voulut seul gouverner la terre,
Mais l'ardeur de son cimeterre
Fit du monde un vaste cercueil !
Ah ! pourquoi ce puissant cerveau
Rêva-t-il des palmes cruelles ?
Aujourd'hui l'immortel oiseau
Sur l'Europe étendrait ses ailes.....
Abjurons de vieilles querelles,
Et fondons un monde nouveau.

Chants du poëte, et vous beaux arts,
Exaltez les œuvres de l'homme ;
Souvenirs d'Athènes et de Rome
De la foule ouvrez les regards.....
Que dans la plaine, au renouveau,
Quand partout tombent les javelles,
Mille instruments, sur le préau,
Guident les pas des pastourelles !
Abjurons de vieilles querelles,
Et fondons un monde nouveau.

Complainte de Cadet-Bonhomme.

Air de saint Roch.

On m'avait dit qu'au sortir de l'émeute
Je roulerais sur l'or et sur l'argent ;
Des *badiniers* je bénissais la meute,
Prêt à voter pour eux en cas urgent ;
  Mais, ô disgrace !
  Je suis sans place.....
  Cré nom d'un chien
  Je n'y comprends plus rien.

Sans perdre espoir, je lève une boutique,
Sur les chalands je jette le filet ;
Un Tamerlan me met dans la civique,
Un créancier me vend au Châtelet.....
  Dans le commerce
  Que l'on s'exerce,
  Cré nom d'un chien
  Je n'y comprends plus rien.

Celui-là dit : c'est la faute au ministre ;
Cet autre dit : c'est la faute aux mouchards ;
Je ne sais pas comment l'on administre ;
Mais les deniers s'en vont aux seuls richards :
      Est-ce malice
      De la police ?
      Cré nom d'un chien
      Je n'y comprends plus rien.

Mon fils prétend que c'est la faute à Chose...
Si c'était vrai, par amour du prochain,
Comme cela, ma foi, c'est autre chose,
Sans balancer, j'avertirais..... Machin :
      En politique
      Tout se complique,
      Cré nom d'un chien
      Je n'y comprends plus rien.

Bah ! je le vois, mon erreur est profonde,
Souvent Cadet devine avec effort.....
Il faut, parbleu, s'en prendre à tout le monde,
De le prouver ici je me fais fort ;

Mais ma *débine*
Me turlupine,
Cré nom d'nn chien
Je n'y compreuds plus rien.

NOSTALGIE.

Sous le ciel d'Orient, ils m'ont transporté : — mais
Souvenirs du pays ne s'effacent jamais !...

Oui j'ai vu sans amour l'étincelante zone
Où la vague africaine avec orgueil résonne,
Je l'ai vu ce vieux monde, et ses sommets géans,
Et le désert immense aux horizons béans.....
Là, des matins d'azur après des nuits sereines ;
Là, de jeunes houris graves comme des reines ;
Là, mille voluptés pour un cœur tendre, — mais
Souvenirs du pays ne s'effacent jamais !

En vain autour de moi les chants de la conquête
Retentissaient, — hélas ! mon âme était en quête
Des climats brumeux où, pour la première fois,
Mon oreille d'enfant comprit l'humaine voix.
Là point de verts palmiers, point de doux aromates,
Là de pâles soleils et des aurores mates ;
C'est la mélancolie occidentale ; — mais
Souvenirs du pays ne s'effacent jamais.

Car, dites, que me font tous ces combats d'Homère?
Valent-ils un sourire, un regard de ma mère?
J'aime mieux mon hameau, mon clocher, mes guérets
Que ces blanches cités aux brillants minarets....
Sur nos grèves aussi, la mugissante lame,
Comme un soupir de Dieu d'échos en échos clame!
Arabe! ta patrie est grandiose; — mais
Souvenirs du pays ne s'effacent jamais.

Un jour, si tu devais visiter nos rivages,
Rappelle-toi souvent tes cavales sauvages,
Le poignard de Damas qui reluit à ton flanc,
Et les puits du désert où l'on vit libre et franc;
Peut-être, respirant notre atmosphère atone,
Tu t'abandonneras au calme monotone?
Tu voudras des plaisirs, des arts frivoles; —mais
Que tes vieux souvenirs ne s'effacent jamais.

LES MINEURS.

Air: La nuit répand sur l'onde

Compagnons, voici l'heure
Ou l'aile du zéphir
Frémit dans la demeure
Des hommes de loisir : —
Minons avec adresse,
Les palais crouleront;
Puis, après la détresse,
Nos fils rebâtiront.

La walse se balance,....
Maîtres, faites-vous beaux.....
Dans l'ombre et le silence,
Nous creusons des tombeaux.
Minons avec adresse,
Les palais crouleront;
Puis, après la détresse,
Nos fils rebâtiront,

Déjà la crainte atterre
Les rois que vous trompiez.....
Ils ont senti la terre
S'agiter sous leurs pieds !
Minons avec adresse,
Les palais crouleront ;
Puis après la détresse,
Nos fils rebâtiront.

Travaillons sans relâche
Et frappons un coup sûr,
Au bout de notre tâche
Est un monde futur.....
Minons avec adresse,
Les palais crouleront ;
Puis, après la détresse,
Nos fils rebâtiront !

Les Tonneaux.

Air....,.

Videz vos tonneaux,
Moines de Cîteaux,
Videz vos tonneaux.

Ventre en avant, et rond de taille,
Ainsi chantait père Ignarus,
Et tous répétaient en chorus
Autour d'une large futaille : —
Vidons nos tonneaux,
Moines de Cîteaux,
Vidons nos tonneaux.

L'Alcoran, c'est un vrai grimoire,
L'Evangile, un livre divin.....
L'Evangile vante le vin,
Mais l'Alcoran défend d'en boire.

Vidons nos tonneaux,
Moines de Cîteaux,
Vidons nos tonneaux.

Honneur donc au fils de Marie,
Honte éternelle à Mahomet !
Honneur à celui qui humait
Le calice jusqu'à la lie !.....
Vidons nos tonneaux,
Moines de Cîteaux,
Vidons nos tonneaux.

Contre l'eau, donnez-moi promesse,
De faire un volume éclatant ;
Moi, si j'étais pape, à l'instant
Je la proscrirais de la messe.....
Vidons nos tonneaux,
Moines de Cîteaux,
Vidons nos tonneaux.

Un enclos qui doit redevance,
Et qui ne fait jamais sursis,
Est préférable, à mon avis,
A toute la Bible de Vence.....

Vidons nos tonneaux,
Moines de Cîteaux,
Vidons nos tonneaux.

Allons, frères, allons qu'on aille
Vider la cave sans délais,
Laissons l'eau claire à nos valets,
Et le Surène à la canaille !
    Videz vos tonneaux,
    Moines de Cîteaux,
    Videz vos tonneaux.

CHOEUR.

Vidons nos tonneaux
Dans ces frais caveaux,
Vidons nos tonneaux.

LE RÊVE.

Air : Son nom jamais n'attristera mes vers.

L'esprit de Dieu m'a ravi dans l'espace
Sous un ciel pur, où cent peuples divers,
Des champs féconds cultivaient la surface,
Aux doux accords de la lyre et des vers ;
Le glaive altier, la formidable lance,
Ne faisaient pas de la terre un tombeau !....
Thémis pesait les droits dans sa balance :—
Oh ! mes amis, que mon rêve était beau.

Point de limite, et la gerbe commune
Offrait ses dons à des hommes égaux.
Ils ignoraient les noms :— besoins, fortune,
Goûtaient les biens sans connaître les maux.
Le soir, l'Amour, sous les branches fleuries,
Leur préparait un charme tout nouveau ;
Ils s'unissaient sans prêtres ni mairies,
Oh ! mes amis, que mon rêve était beau.

Je ne vis point la sanglante discorde,
Dans leurs cités agiter ses brandons,
Leurs cœurs enclins à la miséricorde
Toujours gardaient au crime des pardons.
L'enfant déchu de la famille humaine
Mourait aux lieux qui furent son berceau,
Sans redouter la vengeance et la haine....
Oh! mes amis, que mon rêve était beau.

Le vrai savoir, animant l'industrie,
Guidait partout des bras intelligents;
Dans son néant l'oisiveté flétrie
Ne trouvait plus d'esclaves indulgents...
Comme les mers à l'amas de leurs ondes
Font concourir le plus petit ruisseau...
Ils conviaient les travaux des Deux-Mondes...
Oh! mes amis, que mon rêve était beau.

Dès le matin, quand chez nous tout sommeille
De jeunes voix montaient à l'Éternel.
La fleur humide, ou la grappe vermeille
Se mariaient aux gazons de l'autel.

Un saint vieillard expliquait la nature,
Grave et debout sur un simple escabeau !
Il n'avait pas le ton de l'imposture.....
Oh ! mes amis, que mon rêve était beau.

UNE VISITE AU PÈRE-LACHAISE.

Air du roi d'Ivetot.

J'entrai dimanche sur le tard
    Droit au Père-Lachaise,
Pas cependant trop en retard
    Pour distinguer à l'aise
Croix, pyramides, et caveaux,
Chambre noire, où sont en repos
        Des os ;
Ho, ho, ho, ho ! ha, ha, ha, ha !
Que de gens de bien j'ai vu là,
        La, la.

D'abord je vis d'un vieil époux
    L'histoire à fendre l'âme,
Jamais grondeur, jamais jaloux,
    Fidèle envers sa dame.....
Ah ! m'écriai-je, celui-ci
N'aurait pas dû venir aussi
        Ici ; -
Ho, ho, ho, ho ! ha, ha, ha, ha !

Que de gens de bien j'ai vu là ,
  La , la.

Me tournant , je vis à côté
  Un grand capitaliste ,
En son temps, plein de loyauté,
  Sans frimes sur sa liste.....
Il avait, mais le croira-t-on ?
De l'honneur à vendre !... et le ton
  Fort bon.
Ho, ho, ho, ho ! ha, ha, ha, ha !
Que de gens de bien j'ai vu là ,
  La , la.

Puis c'étaient deux ou trois mamans ,
  Qui , selon les gazettes ,
N'avaient jamais reçu d'amans
  Sous leur toit de grisettes ;
Je n'ai point connu leurs maris ,
Mais jettant les yeux sur Paris ,
  Je ris ,
Ho, ho, ho, ho ! ha, ha, ha, ha !
Que de gens de bien j'ai vu là ,
  La , la.

Plus loin la tombe d'un ventru
  Vint offusquer ma vue,
Celui-là n'avait parlé dru
  Que de billets à vue.....
On vantait la *capacité*
De l'honorable député
        Cité;
Ho, ho, ho, ho! ha, ha, ha, ha!
Que de gens de bien j'ai vu là,
        La, la.

Je vis encor d'un duc et pair
  Le marbre-mausolée,
Où venait parfois prendre l'air
  Sa veuve inconsolée.
Il avait ramené nos rois,
Aussi combien avait de poids
        Sa voix;
Ho, ho, ho, ho! ha, ha, ha, ha!
Que de gens de bien j'ai vu là,
        La, la.

Une croix dont je fis grand cas
  Fut celle d'un ivrogne,

Qui mourut un jour de repas
  Sans se rougir la trogne.....
C'était un curé de renom,
Mais peu fort sur le droit-canon,
      dit-on ;
Ho, ho, ho, ho! ha, ha, ha, ha!
Que de gens de bien j'ai vu là,
      La, la.

Enfin la cité de la mort
  Me parut un asile
Où le petit ver du remord
  N'a pas de domicile.....
Et que serait-il en effet,
Dans un royaume aussi parfait,
      Au fait ;
Ho, ho, ho, ho! ha, ha, ha, ha!
Que de gens de bien j'ai vu là,
      La, la.

LE PROSCRIT.

Air : Entre dans ma tartane.

Les pieds endoloris, brisé par la souffrance,
J'emportais dans l'exil un cœur gonflé de fiel ;
Mais l'étranger m'a dit : viens, mon frère de France,
A ma table rustique oublier ton beau ciel...
Viens, —

    Entre dans ma chaumière
    Ennemi des tyrans,
    Viens, — bientôt la lumière
    Brillera sur nos rangs.

Des cruels t'ont ravi tes rêves d'espérance,
Ta mère dans le deuil, tes fidèles amours,
Ah ! garde dans ton cœur cette douce assurance :
L'heure des grands forfaits ne dure pas toujours.
Viens,

    Entre dans ma chaumière
    Ennemi des tyrans,
    Viens, bientôt la lumière
    Brillera sur nos rangs.

Viens vider avec nous le vin de l'allégresse,
Viens resserrer les nœuds de la fraternité.....
Ne désespère pas, l'humanité progresse.....
Et de bruits souterrains le monde est agité !
Viens,

Entre dans ma chaumière
Ennemi des tyrans !
Viens, bientôt la lumière,
Brillera sur nos rangs.

Ecoute, écoute bien... un chant de funéraille
Appelle le courage au milieu des hasards.....
La liberté s'avance, et le peuple tressaille
Du palais des Sultans aux tombeaux des Césars !
Viens,

Désertons la chaumière,
Et courons aux tyrans.....
Viens, enfin la lumière
A brillé sur nos rangs.

LES *OQUE* ET LES *AC.*

Air : Partant pour la Syrie.

Qu'un juste milieu troque
L'honneur dans un micmac,
Par ma foi je m'en moque
Comme de Polignac...
Mais qu'un évêque invoque
Le grand Dieu d'Isaac,
C'est, dans un saint colloque,
Un vrai coup de Jarnac.

Qu'un ministre provoque
Les impôts à plein sac,
Qu'il nous laisse la coque,
D'un œuf frais comme un lac,
C'est bien ; mais la défroque
D'un roi qui fuit en frac,
Qu'un autre l'interloque,
C'est un coup de Jarnac.

ue couvert d'une loque,
ans couche ni hamac,
n pauvre diable croque
à chique de tabac;
u'avec bague et breloque
e vicomte de Crac
it du bordeaux qui toque,
C'est un coup de Jarnac.

ue Marie-à-la-Coque
omplaise à Martignac;
u'un épicier se choque
e porter havresac,
J'en ris, mais qu'un vrai phoque
rne son estomac
'une croix équivoque!
C'est un coup de Jarnac.

LA BOUTEILLE ET LES CHANSONS.

Air : Notre-Dame du Mont-Carmel.

L'ouragan gronde à ma fenêtre,
Le tonnerre ébranle les cieux.....
Et là-haut, le char du Grand-Etre,
Roule au loin sur ses forts essieux ;
Mes amis, sans perdre courage,
Dans la tourmente renaissons,
Et fêtons au sein de l'orage,
Et la bouteille et les chansons.

Nous trembler lorsque la nature
Sous nos pieds entrouvre ses flancs !
Nous pàlir — lorque la pâture
Manque aux fils des vieux peuples franc
Non ! — Armés d'un mâle courage
S'il le faut, amis, périssons.....
Mais chantons au sein de l'orage,
Et la bouteille, et les chansons.

ppresseur en vain nous surveille,
ançons à pas calculés !
ns nos murs la liberté veille.....
aive en main et les traits voilés !
and viendra l'heure du courage
us lirez sur nos écussons...: —
oublions pas pendant l'orage,
 la bouteille et les chansous.

 charge sonne, et la victoire
 l'Europe a comblé les vœux.
escendez, muses de l'histoire
raver des noms pour nos neveux.....
éritiers de notre courage,
s beaux jours, libres nourrissons,
s fêteront après l'orage,
t la bouteille et les chansons.

LE MARCHAND DE CURIOSITÉ

Air : Vieux habits, vieux galons.

Dans mon magasin d'antiquailles,
J'ai tableaux, bijoux et roćnilles,
Armes de prix, trônes, pavois....
Parmi l'éclat qui m'environne
J'ai sceptre, thiare et couronne...
Meubles méprisés des bourgeois :
    Venez, prélats et rois ;
    Venez, prélats et rois.

Voici les restes d'une étole
Qu'on me vendit une pistole
Avec un vieux casque gaulois ;
Voici l'image de la Vierge,
Qui vit consumer plus d'un cierge
La Sainte-Ampoule d'autrefois.....
    Venez, prélats et rois,
    Venez, prélats et rois.

Admirez cette chevallière
Que porta jadis La Vallière
Quand son amant narguait les lo

Achetez-moi cette oriflamme,
Elle peut rallumer la flamme
Qui manque à vos cœurs aux abois :
    Venez, prélats et rois,
    Venez, prélats et rois.

J'avais les savattes d'Ignace,
Mais certain courtisan en place
Me les acheta l'autre mois ;
Avant que toute la sébille
De chez moi s'en aille à la file,
Et que vous ne restiez pantois !
    Venez, prélats et rois,
    Venez, prélats et rois.

Voulez-vous cette antique épée,
Dans le sang des Anglais trempée ?
Mais, non, vous êtes trop courtois,
Eh bien ! prenez cette chemise,
La Dubarry l'avait promise
Au fameux Cardinal Dubois,....
    Venez, prélats et rois,
    Venez, prélats et rois.

Du pouvoir un vain peuple abuse,
Ne laissez pas cette arquebuse

Qui servit à Charles Valois ;
J'ai maintes pilules dévotes,
Qui ne souffrent pas d'antidotes,
Un pape les fit de ses doigts.
   Venez, prélats et rois,
   Venez, prélats et rois.

Ce gros pavé des barricades
Pourrait exciter vos boutades,
Mettonsle dans l'ombre, et je crois
Que cette pesante cassette,
Où le dey mettait sa recette,
Flattera bien plus votre choix : —
   Venez, prélats et rois,
   Venez, prélats et rois.

Si le sort devenu contraire,
Vous esquisse un itinéraire
A Naple, ou chez les bons Gantois,...
J'ai des masques pour votre usage,
J'ai des casaques de voyage,
Des poignards longs comme des croix : —
   Venez, prélats et rois,
   Venez, prélats et rois.

LES BÉOTIENS.

Air : J'ai pris goût à la république.

Loïse, après maintes largesse,
Au jeu séduisant de Vénus,
Voulut rentrer dans la sagesse
Avec quelques bons revenus;
Jacques, sortant de sa province,
Lui donne son cœur et son bien : —
Trois mois après on vous l'évince!
Voilà, voilà le Béotien.

Mélasse, un jour étant de garde,
Se rendit à l'estaminet,
Et renversa, sans prendre garde,
Tout un lustre avec son bonnet.....
Pour excuser sa pataraffe
Il se retourne vite... Eh bien!
Son sabre casse une caraffe....!
Voilà, voilà le Béotien.

Rifflard, amoureux de la pêche,
Est bête comme un escargot,
A chaque instant Rifflard ne prêche
Que saumon, anguille, ou turbot...
Devant moi, pendant qu'il se flatte,
D'amener une carpe... eh bien !
Il n'amène qu'une savatte,
Voilà, voilà le Béotien.

Bonin, ce rentier prosaïque,
Lit chaque soir trente journaux,
Sa tête est une mosaïque,
De carlistes, de christinos ;
A tout cela, si le brave homme
Comprend un mot, un seul... eh bien !
J'irai, parbleu, le dire à Rome,
Voilà, voilà le Béotien.

Dom Bug*** fait rire la Chambre
Quand il se pose en matamor,
Vieu*** avec orgueil se cambre
Quand il proclame la clef d'or ;
Mart*** comme une trompette
Fait retentir : — bon, bon, — c'est bien...

En les voyant, chacun répète:
Voilà, voilà le Béotien.

Débarqué tout frais de Beaucaire
Un adjoint, gros d'ambition,
S'informa si Robert-Macaire
Avait encore une action..... !
« Comment, lui dit le journaliste,
« En voilà cent cinquante.... ! eh bien !
« Je vous vais mettre sur ma liste... »
....
Dieu ! protége le Béotien.

RAPHAEL A LA FORNARINA.

Air de ma Normandie.

Des feux du soir le ciel se dore,
Partout chantent les rossignols;
Aux sons joyeux de la mandore,
Dansent les pâtres romagnols;
La brise caresse le faîte
Des grands arbres de la villa,
Ici tout est bonheur et fête
    Fornarina ! Fornarina !

Ici la terre est parfumée,
Les ruisseaux coulent sans tarir;
Viens, j'ai besoin, ma bien-aimée,
De tes baisers qui font mourir.
N'es-tu pas tout ce que j'envie?
Des biens que le sort me donna,
Plus que les arts, plus que la vie,
    Fornarina ! Fornarina !

Ah ! si ma tombe s'environne
De lauriers arrosés de pleurs,
Pour toi de ma noble couronne
Effeuille les plus belles fleurs,
Sois la muse de mon génie,
Toi dont l'amour me consola ;
A ma gloire demeure unie,
   Fornarina ! Fornarina !

J'ai vu des anges dans mes rêves,
Au front céleste et virginal ;
Mais, ici-bas, toi seule achèves
Les prodiges de l'idéal ;
Sois mon espérance éternelle,
Car souvent mon cœur s'inspira
Aux purs rayons de ta prunelle,
   Fornarina ! Fornarina !

L'INSURRECTION SATANIQUE.

I.

Un jour l'ancien maudit, Satan au cœur de fer,
Dans ses antres béans convoqua tout l'enfer,
Un immense fracas en fit craquer les dômes ;
Autour de lui siégeaient les archanges impurs,
Et dans l'obscurité rayonnaient leurs traits durs
Sous leurs couronnes de fantômes.

II.

Semblable aux flots des mers que soulève un houra,
Tous ensemble ils criaient : combattons Jéhova !
Notre place n'est point au palais des ténèbres ;
Mais le Dieu des combats, l'arbitre des destins,
Aux éclats de sa voix, dans les gouffres lointains,
Plongea les phalanges funèbres.

III.

Ainsi, tu les verras, tous ces fuyards de Gand,
Qui, d'un commun accord, ont relevé le gant
Qu'un peuple de héros jetta dans sa colère,
Eux qui, de Petersbourg aux cloitree de Cadix,
Fondant avec notre or un trône à Charles-Dix,
Maudissaient le vœu populaire.

IV.

Malheur sur eux ! malheur ! car ayant vu venir
L'égalité, l'amour, le progrès, l'avenir,
Ils se sont abîmés dans leurs folles pensées,
Et loin de concevoir l'aurore de beaux jours,
Dans leur froid égoïsme ils ont voulu toujours,
Toujours leurs grandeurs insensées !

V.

Ces mirmidons titrés, dites-moi, que sont-ils ?
D'un pouvoir corrompu, imperceptibles fils,

Aujourd'hui moins que rien, demain réduits en
cendre,
Il m'est venu des cris de la tombe des morts,
Qui disaient sourdement aux tyrans sans remords :
Assez régner, il faut descendre !

UNE FABLE DU VIEUX TEMPS.

Air : Assitôt que la lumière.

Avant homère et Moïse
Il fut un Eldorador,
Terre opulente et promise
Où s'écoula l'âge d'or ;
Dans cet empire inéfable
Rien n'allait à contre-temps,...
Mais cela, c'est une fable,
Une fable du vieux temps.

Les rois étaient populaires,
Les peuples étaient heureux,
Jamais d'ignobles salaires
Ne furent reçus par eux.....
La justice était affable
Sans éterniser le temps;...
Mais cela, c'est une fable,
Une fable du vieux temps.

Dans sa route coutumière,
Du premier jour au dernier,

Le soleil pour sa lumière
N'exigeait pas un denier.
L'homme n'était point taillable,
On vivait bien et longtemps ;
Mais cela, c'est une fable,
Une fable du vieux temps.

On buvait à pleine coupe
Sans redouter les impôts,
On pouvait saler sa soupe
Et la manger en repos.
Les savants riaient à table
Comme des Roger-Bontemps ;
Mais cela, c'est une fable,
Une fable du vieux temps.

Nos lois, nos progrès, nos vices
Alors étaient inconnus,
Leurs femmes étaient novices
Et leurs vieillards ingénus.
Etre bon, modeste, aimable,
Etait un doux passe-temps,
Mais cela, c'est une fable,
Une fable du vieux temps.

On attendait la richesse
Du travail et de l'honneur,
Les grands airs d'une duchesse
Ne troublaient point leur bonheur ;
Là, jamais un misérable
N'attrista les cœurs contents...
Mais cela, c'est une fable,
Une fable du vieux temps.

FIN.

TABLE.

FIN DE LA TABLE.